www.ingramcontent.com/pod-product-compliance
Lightning Source LLC
LaVergne TN
LVHW010446070526
838199LV00066B/6219
* 9 7 8 9 3 5 8 7 2 7 7 8 4 *

جنازہ

(ناولٹ)

شانی

اردو ترجمہ:

اعجاز عبید

© Taemeer Publications LLC

Janaza *(Novelette)*

by: Shaani

Edition: August '2024

Publisher :

Taemeer Publications LLC (Michigan, USA / Hyderabad, India)

ISBN 978-93-5872-778-4

مصنف یا ناشر کی پیشگی اجازت کے بغیر اس کتاب کا کوئی بھی حصہ کسی بھی شکل میں بشمول ویب سائٹ پر اَپ لوڈنگ کے لیے استعمال نہ کیا جائے۔ نیز اس کتاب پر کسی بھی قسم کے تنازع کو نمٹانے کا اختیار صرف حیدرآباد (تلنگانہ) کی عدلیہ کو ہو گا۔

© تعمیر پبلی کیشنز

کتاب	:	**جنازہ** (ناولٹ)
مصنف	:	**شانی**
اردو ترجمہ	:	اعجاز عبید
صنف	:	فکشن
ناشر	:	تعمیر پبلی کیشنز (حیدرآباد، انڈیا)
سالِ اشاعت	:	۲۰۲۴ء
صفحات	:	۲۴
سرورق ڈیزائن	:	تعمیر ویب ڈیزائن

"پر اب کیا کریں؟" ایک پل کے بعد رمن پھر وہی سوال پوچھ بیٹھا جس شنکر دت کو برابر ڈر بنا ہوا تھا۔ پھر وہ ان کی طرف ایسی آنکھوں میں دیکھنے لگا، جیسے اچانک انہیں غلط نکتے پر پکڑ لینا چاہتا ہو۔ سہم کر وہ دوسری طرف دیکھنے لگے۔ جنوب کے ان دوسرے بلاکوں کی طرف، جہاں یوکلپٹس کے چھوٹے چھوٹے درخت قرینے سے لگے ہوئے تھے اور دسمبر کی خوشگوار دھوپ جن کی کرنیں کیلے کے درختوں پر چلچلا رہی تھی۔ ہوا اوپر کس طرح شفاف ہو کر کانپتی ہے، اس کا احساس جیسے انہیں پہلی بار ہوا۔ ظاہر تھا کہ اس اتنے بڑے ناگہانی حادثے کا ادھر کوئی اثر نہیں پڑا تھا۔ لوگ اپنے اپنے بیوی بچوں اور دوستوں کے ساتھ چھٹی کے دن کی سست اور نارمل زندگی گزار رہے تھے۔

کوارٹر نمبر تو بتا دیا تھا؟ اچانک شنکر دت نے کچھ یاد کر پوچھا

ہاں، رمن بولا ویسے بھی قریشی کو پتہ ہے۔

دونوں الگ اور دور کھڑے تھے۔ رضوی کے کوارٹر سے ہی نہیں اس کے سامنے والے احاطے اور اس جگہ سے بھی دور، جہاں دو دو، چار چار کے گروپ میں خاصی بڑی بھیڑ جمع ہو گئی تھی۔ کچھ دیر پہلے شنکر دت بھی انہی میں سے ایک تھے۔ نہ چاہتے ہوئے بھی بہت سی باتوں کے حصہ دار لیکن رمن نے انہیں بآسانی لیا تھا۔ قریشی نے یہاں سے لوٹ کر رمن نے انہیں دور سے ہی اشارہ کر دیا تھا اور وہ نکل آئے تھے۔

دت جی، ایک طویل پل کے بعد رمن نے بے صبری سے کہا ساڑھے گیارہ ویسے ہی بج رہے ہیں۔ اگر ابھی سے اتنی دیر ہوئی تو جنازہ اٹھنے میں شام ہو جائے گی۔ کالونی والے کب تک بھوکے پیاسے بیٹھے رہیں گے؟ ناگی صاحب اور جوشی جی بار بار کہہ رہے ہیں کہ بھئی، جو کچھ کرنا ہے، جلدی کرو۔۔۔

یہ کوئی نئی بات نہیں تھی۔ رمن کی غیر حاضری کے دوران جب شنکر

دت ان میں شامل تھے، تو یہ بات انہیں کئی بار چبھی تھی۔ دلیلیں وہ ہی تھیں لیکن اس وقت رمن کے منہ سے وہی باتیں شیشے کی طرح تیز لگیں۔

جو شی خود ہی کچھ کیوں نہیں کرتا؟ وہ پوری طرح پھٹ کر چیخنا چاہتے تھے لیکن فوراہی موقع کی نزاکت سامنے آگئی۔

رک جاؤ، ظاہری سنجیدگی کے ساتھ وہ عجیب سے سر میں بولے تھوڑی دیر اور دیکھ لیتے ہیں۔ ممکن ہے کہ اسٹیشن سے کوئی خبر آتی ہو۔ ممکن ہے کہ قریشی دفتر سے ہوتا ہوا واقعی آجائے یا۔۔۔۔ پر آگے بولا نہیں گیا۔ چاہے رمن کی گھورتی ہوئی نظر ہو یا ان کے اپنے ہی اعتماد کی کمی، وہ خود خاموش ہو گئے۔ اسٹیشن سے کیا خبر آنی ہے، وہ بھی جانتے تھے اور دوسرے لوگ بھی کہ وہاں سے ننانوے فیصد مایوسی ہاتھ لگانے والی ہے۔ لیکن پھر ایک اور طریقہ؟ کیا وہ واقعی اسٹیشن کی خبر کے لئے ہی رکے ہوئے ہیں؟

ذرا انکوائری کو توفون کر دیکھو، اچانک خوش ہو کر انہوں نے کہا۔

وہ میں کر آیا ہوں۔

اچھا! پھر؟

جیٹی صرف دس منٹ لیٹ تھی، رمن نے بتایا اور انکوائری نے کہا کہ گاڑی ٹھیک دس سترہ کو بھوپال چھوڑ چکی ہے۔

دس سترہ یعنی صرف آدھے گھنٹے کی چھٹی! جب اسٹیشن کے لئے کسی آدمی کو دوڑایا جا رہا تھا اس وقت پونے دس بج رہے تھے۔ یوں اس حادثہ کی وحشت اس وقت بھی سب پر طاری تھی۔ تو بھی کالونی کے ہر آدمی نے اس بات پر زور دیا تھا کہ کسی نہ کسی کو اسٹیشن ضرور بھیجنا چاہئے۔ کون جانتا ہے کہ قسمت سے گاڑی مل جائے اور رضوی کے بدنصیب بیوی بچے آخری دفعہ کم سے کم منہ ہی دیکھ لیں۔۔۔۔

شنکر دت نے گھڑی دیکھی۔ اسٹیشن سے کوئی خبر آئے یا نہ آئے اس بات پر دھیرے دھیرے انہیں بھی یقین ہوتا جا رہا تھا کہ قریشی غچا دے گیا۔ آنا ہوتا تو وہ پہلی خبر پہنچتے ہی کبھی کا آچکا ہوتا۔ لیکن دل جیسے پوری

طرح متفق نہیں تھا۔ لگتا تھا، کچھ بھی سہی، قریشی آخر ہے تو مسلمان ہی اپنی برادری والے آدمی کے لیے کہیں تو کچھ درد ہو گا۔۔۔

دت جی! اس بار رمن کا سر کچھ بدلا ہوا تھا میرے خیال سے قریشی کا راستہ دیکھنا بے کار ہے۔ وہ نہیں آنے کا۔

اس نے پہلے کیا کہا تھا؟

کہتا کیا، رمن بولا وہیں، جو ایسے موقع پر سبھی کہتے ہیں۔

پھر بھی؟

سن کر پہلے تو وہ بھو نچکا رہ گیا تھا، پھر عربی کی کوئی آیت پڑھتا ہوا بولا تھا کہ آپ چلیے، میں ابھی حاضر ہوتا ہوں میں نے کہا نا، مجھے تو اس وقت شک ہوا تھا۔ دوسری بار اس لئے میں جانا نہیں چاہتا تھا۔ سوچئے تو سہی، کیا ایسے کاموں میں بھی تقاضے کی ضرورت پڑتی ہے؟

اصل میں رمن کو دونوں مرتبہ شنکر دت نے ہی بھجوایا تھا۔ جیسے ہی اس حادثہ کی وحشت کم ہوئی تھی اور آگے کا خیال آیا تھا، انہوں نے شاہ

محمود قریشی کو بلانے کے لئے رمن کو دوڑا دیا تھا۔ پہلی بار خبر آئی تھی کہ آ رہے ہیں۔ گھنٹہ بھر انتظار کرنے کے بعد پھر رمن گیا، تو اب یہ خبر لے کر آیا ہے کہ قریشی کے گھر پر ہی نہیں ملا۔ اسے بچوں سے کہلوا دیا گیا کہ اچانک صاحب کا چپراسی بلانے آ گیا تھا، سو وہ یہ کہہ کر چلے گئے ہیں کہ ادھر ہی سے ہوتے ہوئے میّت میں شامل ہو جائیں گے۔

شامل؟ شنکر دت کے منہ میں بہت کچھ آ کر اٹک گیا تھا لیکن انہوں نے ہونٹوں کو کس لیا۔ صرف شامل ہونے والے اور تماش بینوں کی یہاں کون کمی ہے! جمع تو ہے نصف کی آدھی کالونی۔۔۔

ارے بھائی، آخر کیا طے ہوا؟

اتنے میں سب سے اونچی آواز میں پکار کر جوشی نے پوچھا۔ جیسے طے کرنے نہ کرنے کی ذمے داری اکیلے شنکر دت کی ہی ہو اور اب تک کچھ نہ کر سکنے کے لئے انہیں کٹہرے میں کھڑا کیا جا رہا ہو۔ یہ آدمی کتنا کمینہ ہے! جوشی کا چقندر نما چہرہ دیکھتے ہی شنکر دت کی بائیں کنپٹی کی نس تڑپی اور نچلا

ہونٹ غصے میں کانپ کر لٹک آیا۔ سالا، ہر ضروری غیر ایک جگہ اپنی گندی ناک گھسیڑتا ہے۔

قریشی گھر پر نہیں ہے۔ رمن نے جیسے سب کو ایک ساتھ کہا اور جا کر ایک طرف کھڑا ہو گیا۔ بھیڑ میں ایک لمحہ کے لئے سکتا پڑ گیا۔

چھٹی کے دن بھی دفتر؟ کسی نے دھیرے سے ایک ایک جملہ اچھالا۔

دفتر نہیں، صاحب! سپرا نے کہا۔

صاحب؟ تنکھی والے نے تعجب سے کہا صاحب کہ میم صاحب۔

اما میم صاحب ہی نہیں، میم صاحب کا پیٹی کوٹ اور پیٹی کوٹ ہی نہیں، اس کا کمر بند۔۔۔۔

قریشی کے پیچھے اکثر یہ بات کہی جاتی تھی کہ وہ صاحب کا منہ لگا اور پٹھو ہے کہ چھٹی کے دن بلا ناغہ وہ بنگلے پر حاضری دیتا ہے کہ بچوں کی فراک سے لے کر میم صاحب کے سینٹری ٹاولس تک کا وزن قریشی نے لے رکھا ہے۔

اجی مارو گولی قریشی کو، اتنے جوشی نے طیش میں آکر کہا کیا سالے قریشی کے بغیر رضوی کی لاش نہیں اٹھ سکتی؟ کیوں دت جی؟

اٹھ کیوں نہیں سکتی، جوشی نے کہا آپ ہی آگے بڑھیں اور اٹھائیں لاش کو۔ بھلا اس میں مجھے یا کسی کو کیا اعتراض ہو سکتا ہے۔ ہم لوگ تو محض اس لئے جھجھک رہے تھے کہ وہ دوسری برادری کا معاملہ ہے۔۔۔

اور پھر بھیڑ میں خاموشی چھاگئی۔ تھوڑی دیر آپس میں کھسر پسر ہوتی رہی۔ ہر کوئی یہ یاد کرنے کی کوشش کر رہا تھا کہ کالونی میں اور کون کون سے مسلمان گھر ہیں۔۔۔

آبپاشی محکمہ کے قدرت اللہ صاحب؟

افسر ہے، نہ ہندو، نہ مسلمان!

پکا مسلمان اور پرہیز گار قسم کا آدمی۔ جو ایمان والے نہیں، انہیں انسان ہی نہیں سمجھتا۔

علی صاحب؟

اس قدر کم ظرف ہے کہ۔۔۔۔۔

اور انصاری؟ کسی نے یاد دلایا۔

وہی ہوتا، تو پھر رونا کس بات کا تھا، شنکر دت نے کہا کم بخت دورے پر چلا گیا ہے۔

سب چپ۔ دو ایک منٹ بعد بھیڑ میں پھر چھوٹے چھوٹے گروپ بننے لگے۔ کچھ لوگوں نے جمہائیوں سے بچنے کے لئے بیڑی سگریٹ جلائی، کچھ نے تمبا کو پھانکی۔

شنکر دت نے بھی ڈبا کھول کر ایک پان منہ میں رکھا۔ پھر سب مل کر اس سڑک کی طرف دیکھنے لگے۔ جدھر سے بس آتی تھی اسٹیشن ہو کر آنے والی بس۔

اب اور کتنی دیر ہے؟

شنکر دت ابھی زینے پر ہی تھے کہ دالان میں کھڑی بیوی نے جیسے اسی سوال نما بانہوں سے راستہ روک لیا۔

دیر ہے۔ کہہ کر وہ تیزی سے اندر گھس گئے۔ اغل بغل کے کوارٹروں کی عورتیں بھی اپنے اپنے دالانوں سے انہیں ہی گھور رہی تھیں۔

بڑی پیاس لگی ہے۔ اندر آ کر انہوں نے یوں بیٹھتے ہوئے کہا، جیسے اپنے ٹوٹے ہوئے جسم کو سستانے کے لئے ڈال رہے ہوں۔ پیچھے پیچھے آ رہی بیوی رکی نہیں، سیدھی باورچی خانے کی طرف نکل گئی۔ دو منٹ بعد وہ پانی کا گلاس لے کر لوٹی۔

سٹیشن سے کوئی خبر آئی؟

ہاں، آ گئی۔

کیا؟

ٹرین جا چکی تھی۔

کئی لمحوں تک بیوی انہیں خاموشی سے گھورتی رہی پھر پھنسے ہوئے گلے سے بولی

مطلب یہ کہ رضوی کے بال بچے آخری دفعہ منہ دیکھنے سے بھی۔۔۔۔۔۔

شنکر دت نے اپنی آنکھیں بیوی کی طرف اٹھا دیں۔ بولے نہیں، بس دیکھتے رہے۔ ساری کالونی میں مسیز رضوی اگر کہیں جاتی تھی تو وہ یہی گھر تھا صرف یہی گھر!

پھر؟ بڑی خاموشی کے بعد ایک سوال ہوا۔

شنکر دت نے کھنکھار کر گلا صاف کیا، جیسے پوچھتے ہیں، پھر کیا؟ آہستہ سے بولے خبر پہنچا دی ہے مسجد میں۔

میونسپلٹی میں؟

مسجد، شنکر دت نے زور سے کہا میونسپلٹی نہیں مسجد، دراصل، بیوی کی میونسپلٹی والی بات ان کے اندر بہت گہرا اتر گئی تھی کئی کئی زخموں کو ایک ساتھ ادھیڑتی ہوئی! مفلسی میں زندہ رہنا تو برداشت کیا جا سکتا ہے لیکن مرنا اور وہ بھی پرائے شہر میں؟ مان لو کہیں وہ ہی پرائے شہر میں ہوتے تو؟ لیکن

شہر اپنا کس طرح ہوتا ہے؟ کیا صرف پیدا ہونے اور دو چار نسلوں سے رہے آنے سے ہی؟ کاہے نہ سہی لیکن کئی بار خود انہیں کیا اس کے اپنے ہونے میں شک نہیں ہوتا؟ مان لو رضوی کی جگہ وہی ہوتے؟ کیوں نہیں ہو سکتے؟ رضوی نے ہی کہاں تصور کیا ہوگا؟ کل وہ دفتر آیا تھا۔ رات انہوں نے اس سے بات کی تھی۔ صبح اس کی آواز سنی تھی۔

وہ جانتے تھے کہ مسیز رضوی اپنے بچوں کے ساتھ وطن جا رہی ہے۔ اس وقت وہ ایک بہت ضروری کام سے نکلے تھے جب رضوی کے گھر میں سامنے تانگا کھڑا تھا اور اسٹیشن چلنے کی تیاری ہو رہی تھی۔ کوئی دو گھنٹے بعد جب وہ واپس آئے، تو دیکھا کہ رضوی کے گھر کے سامنے ہنگامہ مچا ہوا ہے۔ کالونی کے کئی لوگوں نے ایک تانگے والے کو گھیر لیا تھا اور لات، گھونسے اور جوتوں سے اس کی مرمت کی جا رہی تھی۔ شنکر دت جھپٹتے ہوئے پہنچے تھے اور وہاں جو کچھ سنا، دیکھا اور جانا وہ ان پر فالج کا حملہ تھا!

رضوی کی لاش کے پاس مشکل سے ایک آدھ آدمی تھے جبکہ تانگے

والے کو مارنے کے لئے آدھی کالونی جمع ہو گئی تھی۔ وہاں سے نکل آنے کے بعد بھی دیر تک ان جملوں نے پیچھا نہیں چھوڑا تھا۔

کیوں بے، کیانام ہے تیرا؟

کریم۔

ابے میاں، کسی نے کہا تھا اپنی برادری والے پر تو رحم کیا ہوتا۔۔۔

شنکر دت جانتے تھے کہ رضوی کے بیوی بچے وطن جا رہے تھے۔ انہیں یہ بھی معلوم تھا کہ اسٹیشن تک چھوڑنے رضوی جانے والا ہے۔ آگے کا پتہ نہیں تھا، جانے رضوی بچوں کو روانہ کر کے ہی لوٹا یا اسٹیشن تک چھوڑ کر چلا آیا تھا، تھوڑی دیر بعد لوگوں نے دیکھا تھا کہ رضوی سے تانگے والا آٹھ آنے مزید مانگ رہا تھا اور بری طرح اڑ گیا تھا۔ جب تو تو، میں میں سے گھر کے سامنے ایک دیکھا گیا کھڑا ہونے لگا، تو رضوی کو ہار ماننی پڑی تھی۔ رضوی نے آخر میں اٹھنی پھینک دی تھی لیکن وہ غصے میں آگ پا ہو چکا تھا۔ لوگوں نے بس اتنا ہی دیکھا تھا کہ اسے غصہ میں چلاتا ہوا وہ گھر کے

اندر داخل ہوا تھا، تانگے والا ابھی مشکل سے سو گز بڑھا ہو گا کہ معلوم ہوا وسیم رضوی اپنے گھر کی دیوان پر مرا پڑا ہے۔

شنکر دت جس تیزی سے لپکے تھے، اسی شدت سے برف بھی ہو گئے تھے۔ لاشیں انہوں نے کئی دیکھی تھیں لیکن ویسا چہرہ انہوں نے اس سے پہلے کبھی نہیں دیکھا تھا۔ رضوی غصے میں کھولتا ہوا مرا تھا، لہذا اس کے دونوں ہونٹ کس کر بھچے ہوئے تھے، گالوں کی تنی ہوئی نسوں میں دہریے تہرے شل پڑ گئے تھے اور چراغ پا ہوتی ہوئی اس کی کھلی آنکھیں مر چکنے پر بھی نگلتی ہوئی اور بے حد ڈراؤنی تھی۔ شنکر دت بچوں کی طرح دہل کر ہٹ گئے تھے۔

ایک اٹھنی کے لئے پٹھے نے جان دے دی۔ کوئی آہستہ سے کہہ رہا تھا اور شنکر دت میں اتنی ہمت بھی نہیں تھی کہ وہ اس کی طرف دیکھ لیتے۔

وسیم، ایک بار شنکر دت نے رضوی سے کہا تھا تم میں اتنا غصہ کیوں بھرا ہوا ہے؟ جانتے ہو، جو کچھ نہیں کر سکتا وہ غصہ کرتا ہے؟

جانتا ہوں۔

پھر بھی؟

شاید اس لئے کرتا ہوں۔

تمہیں پتہ ہے کہ تم ہی پڑتے جا رہے ہو؟ ایک اور دفعہ شنکر دت نے رضوی سے کہا تھا۔ وہ تو پاکستان سے جنگ کے دن تھے یا کسی خوفناک فسادات کے بعد کا کوئی موقع۔

شاید۔

اور یہ بھی پتہ ہے کہ مسلمان تمہیں۔۔۔۔

ہاں، یہ بھی پتہ ہے کہ مسلمان مجھے کافر سمجھتے ہیں، اور ہندو یہ سمجھتے ہیں کہ میں۔۔۔۔ لیکن کیا آدمی صرف سیاہ یا سفید ہی ہوتا ہے؟ کیا ایسا نہیں ہوتا کہ دونوں کے درمیان کئی کئی رنگ گھلے ہوں؟ کئی پل رک کر شنکر دت نے کہا تھا کیا یہ ضروری ہے کہ جو رنگ آپ کے اندر سے ہو وہ باہر بھی دکھایا جائے؟

دت جی، اگر یہ ضروری نہیں تو ہپاکریسی اور ایمانداری میں کیا فرق ہے؟ رضوی نے کہا تھا شاہ محمود قریشی اور مجھ میں پھر کیا فرق ہوا؟ کیا شاہ محمود قریشی اور اس جیسے لوگ یہ سب کرنے کے لئے کافی نہیں ہے۔ شنکر دت چپ ہو گئے تھے۔ رضوی نے جیسے ان کو یاد دلا دیا تھا کہ وہ اپنی نہیں، دوسروں کی آواز میں بول رہے ہیں۔ گویا اپنے اور رضوی کے اتنے برسوں کے سنگ ساتھ اور بدنام دوستی کو جھٹلا دینا چاہتے ہو۔ کیا یہ کبھی ممکن تھا؟

دفتر اور کالونی دونوں ہی جگہ شاید وہ اکیلے آدمی تھے، رضوی کے ساتھ اٹھنے بیٹھنے ہی نہیں، ہمدرد دوست ہونے کے لیے بدنام تھے۔ عام طور پر وسیم رضوی سنکی، غصے والے اور چڑچڑے آدمی کی طرح جانا جاتا تھا۔ اور نتیجہ یہاں تھا کہ لوگ اس سے یا تو کٹتے تھے یا اسے اپنے سے کاٹ دیا کرتے تھے۔

اما یار، کس سڑی آدمی کو چپکائے پھرتے ہو؟ دفتر کے ساتھیوں نے

کئی بار انہیں ٹوکا تھا کیا سانپ بھی کبھی کسی کا دوست ہو سکتا ہے؟

سانپ؟ انہیں تعجب ہوا تھا اگر رضوی سانپ ہے، تو قریشی کیوں نہیں۔ شاہ محمود قریشی اور رضوی ایک ہی برادری کے ہونے پر اور ایک ہی دفتر میں کام کرنے کے باوجود ایک دوسرے کے بالکل برعکس تھے۔ یہی نہیں، ان میں آپس میں کبھی پٹ بھی نہیں۔ ویسے بھی رضوی کی سب سے زیادہ برا بھلا کہنے والا قریشی ہی تھا۔ چائے کی کینٹین ہو یا دفتر کی میز، رضوی کے بالکل برعکس قریشی خوش مزاج، ملنسار اور یار باش آدمی کی طرح مشہور تھا۔ ہر لمحہ لطیفوں اور چست فقروں سے لیس قریشی گاہے بگاہے اپنی زندہ دلی کی مثالیں پیش کرتا رہتا تھا۔ اجتماعی بات چیت کے دوران ملک اور قومیت اس کے پسندیدہ موضوع تھے۔ تم آدمی ہو یا مسلمان، یہ اس کا ایسا تکیہ کلام تھا، جس سے وہ اپنے ہندو دوستوں کو خوب ہسایا کرتا تھا۔

اولمپک ٹورنامنٹ چل رہے تھے اور دفتر میں کئی دنوں سے بڑی سرگرمی تھی۔ سسپینس اس بات پر تھا کہ ہندوستان اور پاکستان کے

درمیان ہونے والے ہاکی کے کھیل میں کون بازی مار لے جاتا ہے؟ قریشی اپنا چھوٹا ٹرانزسٹر لے کر دفتر آیا کرتا تھا۔ اور لنچ بریک کے علاوہ اور وقتوں میں بھی کمنٹری سنی جاتی تھی، بحثیں ہوتی تھی اور شرطیں لگائی جاتی تھیں۔ رضوی کا یہاں بھی کوئی موقع نہیں تھا۔ اس دن دفتر پہنچ کر شنکر دت سانس بھی نہیں لے پائے تھے کہ قریشی مٹھائی کا ایک دونہ لے کر ان کے سر ہو گیا تھا۔ سارا دفتر منہ میٹھا کر رہا تھا لیکن کس بات پر اور کون کرا رہا ہے، یہ تھوڑی دیر راز ہی بنا رہا۔ رضوی اس دن بھی دیر سے دفتر آیا تھا۔ ہمیشہ کی طرح طرح اس کے آتے ہی چہ می گوئیاں ہوئی تھیں۔ تھوڑی دیر کھسر پسر ہوتی رہی پھر اچانک قریشی، رضوی کے پاس مٹھائی کا دونہ لے کر پہنچ گیا تھا۔

کس بات کی مٹھائی؟ رضوی نے بھی پوچھا تھا۔

آپ کو پتہ نہیں؟

جی نہیں۔

یارو، قریشی نے جیسے سارے دفتر جو خطاب کرتے ہوئے کہا تھا اب تو

مان جایئے کہ رضوی صاحب کتنے معصوم ہیں۔ بیچارے کو یہ بھی پتہ نہیں کہ اولمپک ٹورنامنٹ میں اس بار ہم نے پاکستان کو پٹخنی دے دی ہے۔

دفتر کے لوگ ہنسنے لگے تھے۔

مٹھائی کون کھلا رہا ہے؟ رضوی نے اتاؤلے ہوئے بغیر آہستہ سے پوچھا۔

اماں، آپ کو آم کھانے سے مطلب ہے کہ پیڑ گننے سے؟

دونوں سے، رضوی نے سختی سے کہا تھا اب فرمایئے۔

رضوی کا یہ رخ ایسا تھا کہ ایک پل کو دفتر میں سکتا سا پڑ گیا۔ خود قریشی جیسے سہم سا گیا تھا لیکن تبھی پچھلی میز سے آواز آئی تھی درخت آپ کے سامنے کھڑا ہے۔ اس بار دفتر میں گونجنے والی ہنسی اونچی تھی۔ ایک حد تک بے سبب اور شاید ضرورت سے زیادہ تلخ بھی۔ پتہ نہیں وہ اس کا ردعمل تھا یا کچھ اور، اتنے رضوی نے مٹھائی کا دونہ نفرت سے اٹھا کر باہر پھینک دیا تھا۔ ساری کالونی سوئی پڑی تھی، خاموش۔ تین چوتھائی رات گزر گئی تھی کب اور کیسے، پتہ نہیں! شنکر دت جاگ رہے تھے۔ کسی کی میّت میں جانے

کا، کفن دفن سے لوٹنے کا یہ پہلا موقع نہیں تھا، اپنے اور پرایوں کو ملا کر ایسے بیسیوں مواقع آئے تھے لیکن ایسی بے چینی پہلے کبھی نہیں ہوئی تھی اپنے جوان بیٹے کو پھونک آنے کے بعد بھی نہیں۔ اصل میں وہ صدمہ تھا جبکہ یہ صدمے سے مزید بے چینی۔ وسیم رضوی کا مرا ہوا چہرہ ان کے اندر بہت گہرا پیوست ہو گیا تھا۔

کیا بے وقوفی ہے! شنکر دت نے من ہی من جھلا کر اپنے کو ڈانٹا اور کروٹ بدل لی۔ انہوں نے نیند لانے کی آخر کوشش کے تحت پھر سختی کے ساتھ آنکھیں بند کر لیں لیکن دوسرے ہی لمحے گھبرا کر آنکھیں کھولنی پڑیں۔ رضوی کا چہرہ بری طرح تنگ کرتا تھا۔ وہ پھر، اور پھر، بڑی دیر تک یہی کرتے رہے لیکن بند آنکھوں میں نہ تو نیند آ رہی تھی۔ اور نہ کھلی آنکھوں میں۔۔۔۔۔۔

* * *